AF493159

BDSM Venner

Komplett Serie

Erika Sanders

ERIKA SANDERS

BDSM Venner
Komplett Serie
Erika Sanders

Erotisk Dominans og Underkastelse

@ Erika Sanders, 2023

Forsidebilde: @ Khusen Rustamov - Pixabay, 2023

Første utgave: 2023

Alle rettigheter forbeholdt. Hel eller delvis reproduksjon av verket er forbudt uten uttrykkelig tillatelse fra opphavsrettseieren.

Synopsis

Erika foreslår å gå et skritt videre i forholdet til sin beste sexy dominerende mannlige venn...

BDSM Venner er en roman med et sterkt erotisk BDSM-innhold og på sin side en ny roman som tilhører samlingen **Erotisk Dominans og Underkastelse**, en serie romaner med et høyt romantisk og erotisk BDSM-innhold.

(Alle karakterer er 18 år eller eldre)

Merknad til forfatter:

Erika Sanders er en internasjonalt kjent forfatter, oversatt til mer enn tjue språk, som signerer sine mest erotiske forfatterskap, bort fra sin vanlige prosa, med pikenavnet sitt.

Indeks:

BDSM VENNER
KOMPLETT SERIE
ERIKA SANDERS

DEL 1

Det hadde vært en dag som alle andre dager.

Bortsett fra at det ikke var det. Dagen i dag var spesiell. I dag var dagen da bestevennen min Richard skulle være på New York City campus for å ta en av jusstudiene hans. Akkurat som hver annen gang han kom over til min side av Hudson River, ville han til slutt sende en melding til meg for å spise middag med ham. Gi det en halvtime eller så for å fullføre testen, og invitasjonen hans dukker opp på telefonen min.

Jeg la fingrene mine over lårene mine, og lot dem komme så høyt som kanten på den trimmede busken før jeg gikk ned igjen. Bare en liten erting for å varme meg opp. Jeg trengte det ikke, ikke etter all kantingen og ertingen jeg hadde gjort mot meg selv den siste uken. Fiten min hadde lekket nesten konstant og brystvortene mine hadde ikke vært myke på evigheter. Likevel trengte jeg å gjøre meg så varm som mulig før jeg dro i kveld. Planen min var å være så kåt at lysten overdøvet frykten min for avvisning da jeg endelig forsøkte å bryte ut av vennesonen.

Jeg er vanligvis ikke så mye tull. Jeg er faktisk veldig selvsikker og frekk flørtende rundt alle andre i verden. Men det er kanskje bare likegyldighetens frihet. Jeg bryr meg ikke så mye om hva en rask slenging tenker om meg så lenge de får meg av. Richard... vel, han er annerledes. Jeg ville ha mye mer enn bare en rask knulling ut av ham. Jeg ville at han skulle føle for meg det jeg følte for ham. Og selv om han aldri har vist meg noe annet enn positivitet og respekt, har han heller aldri prøvd å gå forbi bare å være venner. Og han er typen mann som handler etter det han vil.

«Kanskje er det derfor han aldri har gjort noe med meg,» tenkte jeg med meg selv og så over den utuktige kroppen min. «Jeg er mer en fyr enn en jente. Jeg er rotete og klør meg i offentligheten. Jeg kler meg for komfort og hater å bruke sminke. Jeg tilbringer all fritiden min på treningsstudioet, spiller videospill eller jilling til porno. Det er de definerende egenskapene til maskulinitet, ikke sant? Å ja, og jeg har blitt vennskapt av bestevennen min. Jenter er vel ikke ment å bli sendt til vennesonen av sine mannlige venner? Jeg er ganske sikker på at det skal være omvendt.

Jeg har ikke den mest typiske feminine timeglasskroppen. På 5'11", hadde jeg vært litt høyere enn de fleste av gutta jeg uten hell hadde datet. En livslang kjærlighet til basketball og å føle meg i form hadde gjort musklene mine litt bedre definert enn de fleste kvinner tillater seg å få. Perfekt form for forføre lagkameratene... men et syn langt unna de delikate skjønnhetene Richard hadde datet gjennom årene.

Hvis ting gikk dårlig, var det ikke akkurat slik at jeg hadde en jevn omgangskrets å falle tilbake på...

«Stopp det! Slutt å være en slik nedtur. Det var derfor jeg endelig hadde kommet opp med denne planen, for å slå av den negative delen av meg selv. Jeg førte hendene opp til brystene. Føler meg ufeminin, puppene mine er fantastiske. Deres C-cup bulk fylte hendene mine helt med behagelig feminin vekt. Visst, størrelsen deres kom noen ganger i veien for min aktive livsstil, men gleden de ga meg mer enn veide opp for det. Å kjøre håndflatene lett over brystvortene mine fikk meg til å skjelve og puste tyngre. Jeg prøvde å holde kjærtegnene mine myke og ertende, men ikke lenge før fant jeg meg selv i å presse brystet frem og klemme brystvortene mine så hardt jeg kunne stå. Snart tid for hovedarrangementet.

Min eksterne harddisk burde sannsynligvis ha kommet på listen over grunner til at jeg i utgangspunktet er en fyr. Ikke mange kvinner jeg har møtt har lastet ned porno til en verdi av 226 spillejobber. Så igjen, det var ikke min feil. Det var alt Richard gjorde, og det viste nøyaktig hvorfor vennskapet vårt aldri hadde vært det man kan kalle typisk platonisk. Selv syv år senere fikk minnet om å møte ham og vår tidlige binding meg fortsatt å smile. Det var så typisk Richard... selvsikker uten å være full av seg selv, fast uten å være slitende, magnetismen hans hadde tiltrukket meg så lett.

Jeg var ikke så flink til å få venner på videregående. Det var vanskelig å finne en gruppe som kunne akseptere meg. Spillerklikken så ikke ut til å vite hvordan de skulle håndtere noen med bryster som ønsket å spille League of Legends med dem. De mannlige jokkene ville aldri spille full fart med eller mot meg, selv om jeg var like stor eller større enn de fleste av dem. Og, selvfølgelig, ville jeg heller ha åpnet en vene enn å gjøre det som skulle til for å passe inn med de grunnleggende tispene i den vanlige feminine kulturen på videregående skole.

Ikke at jeg var en kvinnelig enstøing på noen måte. Jeg hadde venner, men de føltes mer som nisjerollespillere enn personlige forbindelser. For eksempel, Heather og jeg klødde hverandres videospillkløe, men vi var begge for innadvendte og vanskelige til å komme veldig nære. Jeg var på jentebasketlaget , men hadde problemer med å knytte meg til noen av mine kvinnelige lagkamerater 1-mot-1 uten påskudd av trening. Lang historie kort, jeg følte meg aldri akseptert for å være mer enn bare en del av meg. Jeg ble veldig vant til mitt eget selskap og jeg utviklet en stikkende kynisk personlighet som skjøv mange mennesker unna.

Inntil en dag på siste året da jeg ble tilfeldig tildelt Richard som partner for et samfunnsstudieprosjekt om hvordan nyere teknologiendringer har påvirket langvarige tradisjoner, organisasjoner eller bransjer.

Jeg hatet gruppeprosjekter. Alle hater gruppeprosjekter. De eneste som liker dem er sjelløse ekstroverte som er bestemt til å jobbe i en HR-avdeling et sted. Selvfølgelig er det eneste verre enn et gruppeprosjekt et med noen populær. Spesielt når det er en populær og hot gutt. Alle de populære menneskene jeg noen gang hadde vært rundt hadde vært irriterende selvtilfredse og nedlatende. Legg til det sjalu blikket fra alle de andre jentene, og jeg ble alvorlig irritert.

Vi fikk de siste minuttene av timen til å konferere med partnerne våre.

Richard var seriøst populær. Han hadde rykte på seg for å være hjemme i nesten hvilken som helst gruppe. Og han var også seriøst varm. Han kledde seg bare litt bedre enn videregående skole krevde og var en tomme eller to høyere enn meg. Jeg så ham krysse rommet til skrivebordet mitt, slått av hvordan det korte mørke håret hans så ut til å konturere ansiktet hans bare for å fremheve kjevelinjen hans tydelig. Det fikk smilet hans til å virke veldig ekte og varmt, som om han inviterte deg til å være med på en vits som bare du og han visste.

"Hva ser du så glad ut for?" spurte jeg da han kom til plassen min. Som jeg sa, stikkende personlighet.

"Jeg har ventet på en mulighet som denne! Dette prosjektet er perfekt." Jeg krympet meg og tenkte at det var en veldig merkelig pickup-linje. Bare en annen fyr som prøver å komme inn i buksene mine.

"Beklager, men du må gjøre det bedre enn det."

" Å , kom igjen, ikke fortell meg at du ikke har lett etter den perfekte unnskyldningen for å gjøre et skoleprosjekt om porno." Jeg tok et dobbelttak. "... Ok, det er en ny."

"Ehm... hva?" Smilet ble litt rampete, men han fortsatte i en helt alvorlig tone.

"I flere tiår var porno formelt. Det fulgte et etablert manus med lite eller ingen forspill, blowjob og hardcore-penetrering i en rekke usannsynlige og ubehagelige posisjoner inn i en siste pengeinnsats. Nå for tiden får slike ting svært få visninger. Etterspørselen er mye høyere nå for mer realistiske skildringer av sex, spesielt for amatører som fokuserer på kvinnelig nytelse. Før kjøpte folk DVDer med generiske scener på hver. Nå er det hundrevis av subreddits dedikert til spesifikke kinks. Hva har endret seg? Er det bare tilpasningen til Internett? Er det knyttet til et utvidet seertall og et mer mangfoldig publikum? Er det fordi det er flere leverandører som prøver å finne en konkurransedyktig nisje? Det må være nok materiale til en avis der inne. Hva tror du?"

Kjeven min var omtrent på gulvet. Han var helt seriøs. Han hadde nettopp gått bort til meg, ikke blunket for uhøfligheten min, begynte å snakke intellektuelt om porno og virket legitimt interessert i hva jeg hadde å si. «Dude har baller. Må respektere det.

"Det høres ut som du har tenkt mye på dette," stammet jeg.

"Jeg har," bekreftet han. "Jeg er interessert i hva som rører folk. Og, pubescent tenåring som jeg er, det ser ut til at lite beveger folk ganske så dypt som sex."

"Han er en ordrik en." Klasserommet hadde ryddet ut og neste klasse kom inn. Jeg samlet raskt bøkene mine i vesken min. "Vel, kanskje det ikke er det samme, men jeg vedder på at det vil være flere tverrsidige mennesker på grunn av porno."

"Virkelig? Hvorfor er det det?"

"Vel, du trenger én hånd til å jobbe med musen og en til å rykke med." Jeg prøvde å matche hans intellektuelle tone, men klarte ikke helt og lo på slutten. Det overrasket meg, jeg hadde ikke tenkt å si det. Jeg hadde tenkt å mumle noe om at jeg måtte komme meg til timen og skynde meg bort. Og en annen overraskelse, han var ikke rar og lo med meg.

"Kanskje du har rett! Kanskje vi kan få plass til det i konklusjonsdelen 'ser frem'. Hør her, jeg må komme til å trigge, men jeg sender deg en melding i kveld." Og like plutselig som han kom, var han borte.

Det var slik Richard og jeg begynte å knytte bånd—over porno. Som jeg sa, ikke et normalt platonisk vennskap. Alt i navnet til pedagogisk forskning for prosjektet vårt, selvfølgelig.

Ok, kanskje vi fortsatte med det etter slutten av det prosjektet, som vi fikk 100 på forresten. Han ville sende meg en lenke til noe varmt, og jeg ville prøve å finne noe varmere, frem og tilbake for å prøve å overgå den andre i timevis. Det tok ikke lang tid før vi virkelig forsto hva som fikk hverandre til å tikke.

Richard var en dominant. Han slapp fra å kontrollere «sine» kvinner og la dem adlyde ham. Jeg vet dette fordi han fortalte meg rett i begynnelsen. Jeg spurte hva han drev med , og han sa bokstavelig talt til meg: "Jeg er en dominant. Jeg blir opphisset av å ha kontroll og være sammen med noen som aksepterer min kontroll." Ok, kanskje han formulerte det litt annerledes... men likevel. Han sa det så saklig, som om det var den mest naturlige tingen i verden.

På den tiden var jeg ikke det minste kvinnelig kinky. Likevel virket ikke Richards smak rar for meg. Jeg følte at det burde, han viste meg noe ganske sadistisk dritt tross alt, men det gjorde det virkelig ikke. Jeg kunne ikke føle meg dømmende overfor ham fordi jeg for første gang i livet mitt følte at noen virkelig godtok hele meg. Richard omfavnet den delen av meg som ønsket å bli nerd og drømme om Mistborn . Han oppmuntret den delen av meg som ønsket å være hyperkonkurransedyktig og ødelegge fiender på basketballbanen og Summoner's Rift. Han forsto den delen av meg som noen ganger ønsket å bli alene. Han stilte meg spørsmål og fikk meg til å føle at jeg kunne svare sannferdig - at han virkelig ønsket min fulle, sløve ærlighet. Han ga min indre ludder en trygg havn for å komme ut og ikke bli dømt eller føle seg truet. Og kanskje viktigst av alt, han forsto at bare fordi jeg noen ganger er en kjip, betyr det ikke at jeg faktisk hater ham.

Sakte, nesten umerkelig for meg, begynte jeg å bli slått på av BDSM. Jeg fant meg selv å dykke mer inn i det, og prøve å finne nytt materiale som ville tene ham. Han ga meg på sin side en jevn diett med kink. En diett som var skreddersydd for å appellere til meg. For eksempel identifiserer jeg meg som bifil, men jeg blir egentlig bare våt for en bestemt type kvinne. Noen som er veldig sterk og imponerer meg. Det er litt vanskelig å beskrive, men jeg vet det når jeg ser det, og det gjør han også. Jeg ble forelsket da han viste meg Queensnake . Hun og alle modellene hennes er gudinner for fysisk utholdenhet, mental disiplin og følelsesmessig styrke. Øynene mine var centimeter fra skjermen og så henne ta slag etter slag og klare å reise seg igjen hver gang. Jeg tror aldri jeg har vært så våt før i mitt liv. Jeg beundret henne så mye og jeg ønsket å være så sterk.

Men det var egentlig aldri seksuelt mellom oss. Vi snakket aldri om å onanere eller ville knulle modellene eller gå av eller noe. Vi ville si "det er varmt" eller snakket om hva vi likte eller ikke likte med det, men på en utpreget ikke sexting måte. Det var flott i begynnelsen fordi det gjorde at hele greia virket trygt for meg. Jeg var i stand til å uttrykke en tabu del av meg til noen som ikke bare prøvde å komme inn i buksene mine.

Men så skjønte jeg at jeg ville inn i Richards bukser. Så sluttet det å være så flott. Da var vi uteksaminert og gikk på forskjellige høyskoler med tre stater fra hverandre. Forholdet vårt utviklet seg. Vi så hverandre bare på nettet eller i ferier når vi besøkte hjemmet. Den pornografiske delen av dynamikken vår avtok dramatisk til en slutt da vi begge begynte å date. Vel, han datet. Jeg kastet meg på den heteste kroppen på en gitt fest.

Ikke desto mindre var det en enormt formativ del av livet mitt, og all vår gamle historie med instant messenger-samtaler ble lagret på min eksterne harddisk. Årelange linker, nedlastinger og erotikk blinket foran øynene mine da jeg lastet den inn på den bærbare datamaskinen min. I løpet av mange hyggelige netter hadde jeg sortert det hele i mapper for Iconic Chats, Goddesses, Submissive Fantasies, Romantic Gay, Friends to Lovers (en spesielt guilty pleasure av meg), flere dusinvis. Noen ganger vil jeg ha noe tilfeldig, noen ganger noe spesifikt. På jobb den dagen hadde jeg brukt pinlig mye tid på å dagdrømme om en favorittvideo.

Fingrene mine stakk til fitta min mens jeg slo play på «Amatør gir kjæresten en blowjob (#14)». Hennes lidenskap og spenning gjorde det varmt da hun tilbad hanen hans med munnen. Ansiktet hennes var en collage av konkurrerende følelser - spenning, glede, fokus, nytelse og kjærlighet - da øynene hennes spratt mellom kjærestens ansikt og kuken hans. Det er som om hun visste at hun skulle holde øyekontakt mens hun suger ham, men hun kunne ikke dy seg for å stirre på kuken hans. Og det var en vakker kuk! Tenk og velskapt, det så ut som det ville fylle fitta mi fantastisk.

Jeg krøllet fingrene inni meg selv, gned meg på g-punktet mens jeg fingret klitoris og så for meg å bli fylt av pikken i munnen hennes. Hjertet mitt raste i takt med hodet hennes, og hvert slag sendte pulser av lyst gjennom meg, og fikk fitten min til å banke av lyst. Musklene mine strammet seg og ufrivillige lyder slapp meg unna. Det var akkurat den slags slurvete susen jeg ønsket å gi Richard! Kjenner den bankende harde kuken hans i munnen min... hendene på hodet mitt som styrer rytmen min... Gleden som spiller på tvers er et vakkert ansikt, kjenner den harde magen hans bøye seg, beina dirrer ved sidene mine mens jeg sugde ham.. Jeg stønnet av gleden som strømmet gjennom meg, og forestilte meg at han kunne føle stemmen min på manndommen hans. Fiten min utstrålte varme som en ild, tilsynelatende immun mot all våt saft som strømmet fra meg.

Noe annet. En annen video. Hvis jeg holdt meg til denne til slutten, for å se utseendet hennes av ren tilfredshet etter at hun svelget lasten hans, ville jeg komme på sekunder og jeg måtte holde tilbake. Erting og fornektelse er et av Richards favorittspill, og jeg er ikke på langt nær like god på det som noen bloggere jeg følger, men det var mye på spill som gjorde at jeg ikke tippet over kanten. Fornøyd meg er rasjonelt. Rasjonell meg blir nervøs og redd for å ta sjanser. Rational me hadde holdt tilbake fra å tilstå hennes tiltrekning til Richard i årevis, og hun hadde ingen ting å komme ut i kveld!

Jeg var så oppslukt av onanerende hedonisme at jeg ikke så den nye tekstvarslingen på en stund.

Richard: Hei, jeg er i nabolaget ditt i kveld. Vil du spise middag med meg?

«Han må være den eneste fyren på jorden som bruker korrekt tegnsetting i tekster,» tenkte jeg. Tekstmeldingshistorikken vår var en lang rekke med perfekt korrekturlest engelsk fra ham, kontrasterende tekststenografi og emojier fra meg. Dette var det! Alt etter planen! Ok, ikke tenk, bare la hormonene snakke for deg.

Erika: ja høres bra ut

Erika : Det er noe jeg ville snakke om

Erika: ikke la meg si det ingenting

'Suksess!' Jeg forventet å føle meg oppslukt av anger og ville ta det tilbake, men det gjorde jeg ikke. Litt nervøs, men spent. Klitten min, forvirret over hvor gleden hennes hadde forsvunnet til, banket i frustrasjon. Jeg smilte og klappet henne forsiktig som en valp. "Ikke bekymre deg, du får skikkelig action snart nok... håper jeg." Jeg antok at det er vanskelig å føle seg for engstelig med så mye lyst som raser gjennom blodårene dine.

På en ekte måte, hva hadde jeg å tape? Richard hadde vært min beste venn i syv lange år, men forholdet vårt hadde ikke vært det jeg ønsket for de fleste av dem. Jeg hadde aldri følt meg virkelig oppfylt med noen av partnerne mine, og jeg hadde vært i nærheten av morderisk sjalu på alle venninnene hans. Også, rasjonelt sett, var dette den perfekte tiden. Vi var begge enslige og bodde så nær hverandre som to voksne voksne med rimelighet kunne håpe på.

Ok, kanskje det hadde vært 'den perfekte tiden' i flere måneder allerede mens jeg slepte føttene mine... men det var ved siden av poenget!

Noe hadde skjedd med den siste kjæresten hans. De var sammen i over to år, men bruddet deres var dårlig. Vi snakket aldri om hans romantiske partnere, sannsynligvis fordi jeg ble bitchy de første gangene de kom opp. Uansett hva det var, var det så ille at han nå prøvde å undertrykke sin naturlige kinky dominerende side og lette etter vaniljetilfredshet i en rekke Tinder-oppkoblinger. Han virket mindre lik seg selv... mindre selvsikker og alltid litt sliten.

Mer enn bare min egen ubesvarte tiltrekning, jeg ønsket å hjelpe ham. Jeg ønsket å være den som omfavnet ham fullt ut og la ham være hans virkelige jeg, slik han hadde gjort for meg. Etter mange forsøk på å trekke ham ut av seg selv, hadde jeg endelig innsett at den eneste måten å gjøre det på var å gi ham en ny underdanig. Og det skulle bli meg.

Greit, greit, jeg var mer enn litt nervøs for det. Richard var naturlig nok veldig dominerende, men jeg var ikke en født underdanig. Jeg ønsket å være en for ham, men jeg visste ikke hvor godt jeg kunne prestere. «Det kommer til å gå bra», sa jeg til meg selv for hundrede gang, «få ham om bord først og bekymre deg for de kinky tingene senere.»

Richard: Nå har du oppmerksomheten min. Jeg kommer innom huset ditt om en time. Føler du deg som italiensk?

'En time!?!' Det var ikke som om jeg noen gang tilbrakte evigheter foran speilet, men jeg trengte seriøst en dusj. Varmt vann renner gjennom håret, over brystvortene og mellom bena... mmm... Noe sa at jeg ville trenge litt tid på å bli ordentlig ren.

DEL 2

Han ankom i en dress, komplett med slips, perfekt krøllede bukser og mansjettknapper. Alt dette bare for å ta en finale. Typisk. Det er uklart for meg om han i det hele tatt eide et par jeans. En 85 graders sommerkveld og han er kledd for å imponere og ser fortsatt irriterende ren, kjølig og avslappet ut. Svette, tilsynelatende, var den typen ting som skjedde med andre mennesker. Jeg, derimot, hadde gått med casual jeans og en tank topp. En ganske lav skjorte som viste frem brystet mitt fantastisk. Jeg hadde gitt meg selv en liten eyeliner, som er helt fancy for meg, men vi var fortsatt et par som ikke passet sammen.

Det var helt typisk for oss. Han slo seg nesten konkurs når det gjaldt mote, mens jeg sannsynligvis ville brekke bena hvis jeg prøvde å gå i hæler. Selv om jeg ertet ham med det, måtte jeg innrømme at det fikk ham til å se bra ut. Måten de skarpt kuttede klærne omfavnet sidene hans og viste frem den atletiske rammen hans... og de buksene klemte rumpa hans akkurat...

Det er bokstavelig talt tusenvis av fantastiske spisesteder i Brooklyn i nærheten av Richards hus. New York City, derimot... ikke så mye. Det er mange fordeler ved å bo på feil side av Manhattan. Som å ha råd til husleie og kunne forlate huset uten å bli mobbet, for eksempel. Den største er utsikten. Utsikten over Manhattan sentrum fra New York City er den beste byutsikten på jorden. Jeg var veldig glad for dette da Richard og jeg slo oss ned på en italiensk restaurant ved vannet fordi det trakk oppmerksomheten hans bort fra meg mens jeg slet med å komponere meg selv.

"Bare pust," sa jeg til meg selv, "det er Richard, du snakker med ham på nettet hver dag." Men han hadde ikke en gang sjekket ut kløften min. Hadde ikke engang sett på rumpa mens jeg hadde knyttet skoen min. Det fylte meg ikke med selvtillit.

"Det er utrolig," sa han og stirret ut over vannet mot Battery Park og Wall Street, "fenger oppmerksomheten min uansett hvor mange ganger jeg ser den."

"Ja."

En behagelig bris blåste av vannet over oss og drev bort den verste sommervarmen. Det bølget gjennom håret til Richard på en veldig iøynefallende måte. Det steg varme gjennom kroppen min som ikke hadde noe med temperaturen å gjøre. Han var bare så jævla sexy i dress... Tvers over veien fra bordet vårt stimlet turister langs elvebredden. En gruppe med en selfie-pinne kom i veien for alle andre, og noen syklister prøvde forgjeves å bevege seg raskere enn en crawl. Vi lo begge to da en uforsiktig gutt mistet en kringle til en måke.

"Du vet at jeg dør av spenning her borte."

Jeg hoppet og innså at oppmerksomheten hans hadde flyttet seg til meg. På tide å fortelle ham det. Men med en gang forsvant disen av opphisselse jeg hadde prøvd å skjerme meg i. Sommerfuglene flagret gjennom magen min og jeg kjente at jeg rødmet. «Det er Richard! Du forteller ham alt annet! Hvis han var noen andre i verden, ville du allerede flørtet med ham. For faen skyld! Du er en voksen asskvinne, ta deg sammen.

"Hva?" var alt jeg klarte å komme meg ut. ' Herregud !'

"Hmm... la oss se om jeg kan gjette. Du fullførte ikke ARA-prosjektet på jobben, du ville ha feiret det med en gang uten å være kryptisk om det. Det samme gjelder for at Tyler endelig fikk sparken. Du fikk ikke en heve , ellers ville du ha kjøpt den dyreste vinen på menyen. Den ene biten på slutten gjør meg veldig nysgjerrig . "Ikke la deg si at det ikke er noe." Hva kan du mene med det?"

Richard er en fullstendig slave av sin egen nysgjerrighet, så jeg hadde forventet noe sånt som dette , og jeg hadde brukt timer på å finne ut hvordan jeg ville takle det. Jeg hadde prøvd en haug med varianter av taktfull lettelse i emnet. Jeg hatet dem alle sammen. Subtilitet er virkelig ikke min greie. Jeg sukket, bet tennene sammen og brast ut:

"Jeg vil være kjæresten din." Jeg får ikke se overraskelse i ansiktet til Richard så ofte. Det føltes deilig å bytte de typiske rollene våre på den måten. La ham være ubalanse for en gangs skyld. Jeg hadde sagt det! Jeg hadde endelig sagt det! "Gud, jeg har ønsket å si det i årevis! Men du var alltid sammen med noen , eller jeg var for feig, eller jeg håpet at du ville gjøre noe med meg på egenhånd ." Jeg prøvde å måle reaksjonen hans, men klarte ikke. Hans seriøse pokeransikt var på og det gjorde meg urolig. "Og... jeg antar at jeg er lei av å vente. Og jeg vet at du har vært elendig med alle de Tinder-forbindelsene. Du har prøvd å være noen du ikke er siden du og Chloe slo opp. Jeg vil ha deg å være deg selv med meg. Så ja, der er det... vær så snill å si noe."

Var det frykten i ansiktet hans? Nei ... frykt? En grop åpnet seg i magen min og truet med å trekke meg ned i den. Men nei, det var mer der. Ønske? Lengsel? Var jeg bare å vise meg selv følelser jeg ønsket å se? 'Si noe, vær så snill!' Jeg ba internt "vær så snill!"

Til slutt gjorde han det. "Wow, det er mye å ta inn." Noe av likkledet løftet seg og han smilte forsiktig. "Du kan slappe av. Jeg vil ha deg. Veldig mye."

"Du gjør?" "AHHHHH!"

"Ja, og jeg beklager hvis jeg har fått deg til å føle deg uønsket.

Ordene og uttrykket hans stemte ikke overens. "Du ser ikke begeistret ut."

Han sukket. "Jeg tenker på det du sa om at jeg er noe jeg ikke er. Jeg antar at du har rett, men jeg vil gjerne høre det fra ditt perspektiv. Hva får deg til å si det?"

"Du har virket ned på deg selv. Ikke så mye rundt meg, men bare generelt. Du virker ikke så sikker på deg selv og har disse bittesmå forsinkelsene. Det er som om du har en normal reaksjon på ting du undertrykker eller tenke nytt eller noe. Jeg la merke til det litt etter bruddet ditt , og det føltes som om du ikke blir bedre." Å innrømme den neste delen var vanskelig, men det måtte sies, "se, jeg vet at jeg har vært en sjalu tispe på alle venninnene dine, og jeg beklager at jeg aldri spurte om deg og Chloe, men jeg vet at hun var din første virkelig seriøse langvarige D/s-forhold. Ting endte dårlig med henne og du har prøvd å slå av den dominerende delen av deg selv. Men du kan ikke. Det er bare hvem du er, og det er en del av deg som gjør er du lykkelig."

"Og du sier at du ikke er klar over folk..." mumlet han for seg selv. Så, høyere, "Så du vil date meg for å sette meg sammen igjen?"

Jeg så ham opp og ned, og lot øynene mine henge over leppene hans, den spreke figuren hans og rett inn i skrittet hans. "Vel ... det er ikke bare den grunnen." Jeg hadde aldri prøvd å flørte med ham, og det føltes bra. Jeg ønsket å flytte samtalen vekk fra nedslåtte områder og fokusere mer på oss sammen, men det gikk ikke.

"Hva om det er en god grunn til at jeg prøver å forlate kraftutvekslingen? Hva om jeg såret Chloe alvorlig og jeg bestemte meg for at det å bli slått av smerten til kjæresten min er litt dritt?"

"Å gud, hvor vondt har han innvendig?" Jeg følte meg forferdelig, og innså at sjalusien min hadde stoppet meg med å støtte meg. Jeg ville klemme ham, men jeg visste at det ikke var måten å komme til ham på. Han reagerte best på rasjonalitet. "Du antyder at du var voldelig , og jeg tviler sterkt på at det er sant. Du er en av de mest ettertrykkelige menneskene jeg kjenner. Tar jeg feil om det?"

"Nei..." sa han nølende, "ikke fornærmende på den måten. Men jeg brøt tilliten hennes flere ganger. Vel, jeg antar i rettferdighetens skyld, at vi begge brøt hverandres tillit. Men likevel..."

"Richard," kuttet jeg ham av, "vi er tjuefem. Vi er unge! Noen ganger gjør vi ting vi angrer på." Jeg tok hånden hans fra den andre siden av bordet og klemte den for å understreke. "Du kan ikke fortsette å straffe deg selv for alltid. Du fortjener å være lykkelig." Hånden hans var fast og kraftig i min. Jeg likte å holde den mer enn jeg hadde forventet.

Vi så begge ned på våre sammenføyde hender. Han så ut til å like det også. Men likevel var han ikke overbevist. Jeg følte at jeg nærmet meg...

Jeg presset ham litt hardere, "Se, du er ikke fornøyd nå. Ikke fornekt det, vi vet begge at det er sant . Bortsett fra grunner ga du vanilje-livsstilen mer enn den rimelige sjansen, og eksperimentet har mislyktes. Kanskje er det på tide å prøve å komme tilbake på den metaforiske sykkelen? Eldre og klokere, vet du ?" Jeg holdt pusten mens han tenkte på det. Sekundene gikk, men jeg visste ikke hva mer jeg skulle si.

Sakte, smilte han. Noe ved ham endret seg, nesten umerkelig. Han virket litt større i synet mitt og litt mindre anspent. Jeg kunne fortelle at det ikke var over. Jeg ville fortsatt ha mye arbeid å gjøre med å helbrede arrene hans, men han virket villig til å gi meg en sjanse.

"Du har rett, jeg har ikke vært lykkelig. Jeg innrømmer, jeg har savnet det." Han ga meg et ulvaktig blikk, sulten av begjær, "Kanskje det er egoistisk av meg, men jeg føler at jeg ville at du skulle snakke meg inn i det. Kanskje spesielt fordi det er deg..." Den umiskjennelige lysten i øynene hans begeistret meg absolutt. Spesielt fordi det er meg? Var det mulig at han hadde fantasert om meg også? Pusten min ble raskere og mitt eget begjær vokste opp igjen. Det begynte å føles ekte. Jeg skulle hente ham! Jeg grep hånden hans hardere, besittende. 'Min!'

"Men likevel," fortsatte Richard, "jeg vil være sikker på at du forstår hva du går inn på. Det er stor forskjell på å være kjæresten min og å være min underdanige."

«Det er greit, jeg vil være...» Han stilnet meg med øynene. Den dag i dag aner jeg ikke hvordan han gjør det. Ingenting endrer seg fysisk i dem, men på en eller annen måte fungerer det hver gang. Det var første gang jeg virkelig følte dominansen hans rettet mot meg. Jeg hadde følt det før, sett det utstilt i forskjellige nyanser konstant, men han hadde aldri virkelig slått meg med det slik. Det hadde en umiddelbar effekt. Ord døde i munnen min og jeg skalv. Jeg presset bena sammen, kjente varmen i meg intensiveres.

"Dette er viktig. Hvis du virkelig vil at jeg skal være mitt fulle og uhemmede jeg, så snakker vi ikke bare om litt kinky sex noen ganger i uken. Vi snakker om at du gir deg over til meg. Fysisk, mentalt og følelsesmessig vil jeg sikte på å eie hele det som gjør deg til Erika. Det ville vært veldig annerledes enn vennskapet vi har hatt hele vårt voksne liv. Er du sikker på at det er det du vil ha?"

Jeg møtte den alvorlige tonen hans urokkelig. "Ja. Jeg vil prøve. Det blir en læringskurve, men jeg vil ha dette."

"Jeg vet at du gjør det. Du har tankene dine og du er fast bestemt på å se det gjennom. Den sta streken din vil være ganske morsom å leke med." Han så på meg, langt mer åpenlyst seksuelt enn han noen gang har hatt i hele forholdet vårt. Viser meg bevisst oppmerksomheten sin på brystene mine, leppene mine, nakken. Jeg klemte bena hardere sammen, og gledet meg over oppmerksomheten hans. Mens han stirret åpenlyst på kløften min, stivnet brystvortene mine, som om de også ville ha hans anerkjennelse.

"Likevel," fortsatte Richard, "jeg vil ikke føle meg riktig med mindre jeg gjør mitt beste for å gi deg så mye forståelse som mulig før vi endrer ting mellom oss. Men det er vanskelig for meg å snakke om fordi jeg aldri har opplevd ubåtens side." Han vurderte, tok så frem telefonen og scrollet gjennom kontaktene. "Det er en venn av meg som bor ganske nært som jeg vil invitere til å bli med oss. Hun kan fortelle deg alt hun skulle ønske at noen hadde fortalt henne før hun begynte å underkaste seg."

Jeg tenkte å presse meg tilbake. Jeg var allerede sikker på hva jeg ville. Alt jeg ville gjøre var å komme meg raskt gjennom middagen, skynde meg hjem og ta ham ut av dressen. Men han prøvde å gjøre det han trodde var riktig, og han ville føle seg bedre av å vite at han hadde gjort det. Så jeg resignerte meg med å vente litt til. "Hvis det er veldig viktig for deg, ok."

"Tenk på det som informert samtykke. Dessuten vil du like henne. Hun er veldig din type." Han stoppet opp og vurderte, før han fortsatte, «og det er litt bakgrunnsinformasjon du sikkert burde vite først».

"Litt" dekket det ikke akkurat. Det viser seg at det var mye Richard aldri hadde fortalt meg mens han beskyttet meg mot kjærestemisunnelse. Han og Chloe hadde møtt noen likesinnede par på Fetlife , og de ble sammen med noen få ukers mellomrom. Han var sparsommelig med detaljene, men det hørtes ut som om møtene deres var veldig seksuelle på en ikke helt monogam måte. Et vemodig blikk spilte over trekkene hans mens han beskrev den åpne dynamikken blant dem, hvordan de muliggjorde og støttet hverandre og hvordan det var hyggelig å være åpent kinky rundt mennesker som forsto. Tilsynelatende hadde han blitt fjern med dem siden bruddet. Denne vennen av ham, Cathy, var en del av den gruppen med elskerinnen hennes, og hun bodde en kort spasertur unna. Liten verden.

DEL 3

Cathy dukket opp ved bordet vårt akkurat da vi betalte sjekken. Jeg sier "dukket opp" fordi det virkelig virket som hun materialiserte seg fra ingensteds. Det ene sekundet holdt Richard på med tipsmatte, og det neste var det en liten, blek kvinne som klemte ham. Jeg skjønte at de ikke hadde sett hverandre på en stund på grunn av beskyldningene hennes om at Richard var kåt av å holde kontakten og var en drittsekk for å få henne til å gjensyns midt på natten.

Akkurat som Richard hadde sagt, likte jeg utseendet til henne. Hun var liten, et helt hode kortere enn meg, men atletisk bygget med tøffe hender og fotturbein. Hun hadde på seg en t-skjorte med et lokalt bartrykk og jeans revet i knærne for å være shorts. Brystene hennes så fantastiske ut, faste og fyldige nok til å være morsomme, men kompakte nok til at de ikke ville plage henne mens hun løp. Kortklippet rødt hår rammet inn ansiktet hennes, vinklet til den ene siden for å vise frem orbital- og helix-piercingene i det ene øret. Hun var fokusert på å se meg opp samtidig som jeg tok henne inn. Øynene våre møttes og gnisten av tiltrekning mellom oss ville ha sendt gaydaren min til å ringe selv om Richard ikke hadde nevnt elskerinnen hennes. Min type faktisk. Jeg satte meg rettere opp og viste frem at jeg stakk ut brystet.

Hun likte det hun så. "Hvem er din søte venn?" Hun spurte. Da hun hørte navnet mitt, gispet Cathy: "Du er den han alltid snakker om! Det er flott å endelig møte deg, jeg er virkelig glad for at denne idioten endelig kom over seg selv og brakte deg til vår verden."

- Han snakker alltid om meg? Jeg arkiverte det for senere.

"Faktisk," påpekte jeg, "han gjorde ikke noe. Jeg spurte ham ut og han drar fortsatt føttene rundt det."

Cathy ga Richard et vantro blikk. "Bli DU spurt ut av en jente?"

Han lo: "Er det virkelig så vanskelig å tro at noen kan finne meg attraktiv?"

"Det er vanskelig å tro at du trenger noen andre til å ta initiativet."

Jeg sluttet meg til Richards latter, glad for at noen andre satte pris på kampen min. "Ikke gjeng med meg også!" han spøkte med hendene opp. "Ihvertfall, før vi går for mye i det, bør vi nok gi dem tilbake bordet deres. Dere er begge interessert i iskrem? Det er et godt sted i nærheten."

Vi endte opp med å gumle kald sukkerkremaktig herlighet i en park nær huset mitt. Vi hadde fått Cathy mer opp i fart, og jeg fant ut at jeg likte henne. Måten hun krysset sprudlende varme med respektløs direktehet gjorde henne veldig lett å få kontakt med. Hun hadde mye å dele om "verden vår" som hun sa det.

Noen av observasjonene hennes var mindre morsomme anekdoter. Som for eksempel hvordan hun fant seg selv å blande mansjetter og avlinger inn i analogiene sine og trengte å passe på seg selv på jobb. Eller hvordan den hyppigste grunnen til at hun måtte stoppe en bondage-scene var å bruke badet.

Andre var større og mer abstrakte. Alt i Cathys liv føltes overladet. Høyene var høyere, nedgangene var lavere og hun følte seg sjelden nøytral. Elskerinnen hennes hadde orgasmekontroll, så Cathy var evig kåt. Alt hun gjorde føltes på en eller annen måte seksuelt, fra å kle på seg om morgenen til å bestille Starbucks til å møte en fremmed og refleksivt sjekke dem ut. Noen ganger kan noe så enkelt som å puste dypt på en klar solskinnsdag få henne til å føle seg utrolig LEVENDE med store bokstaver. Langt fra å skremme meg bort, eller hva Richard hadde forventet, gjorde det meg mer interessert. Mine egne eksperimenter på den avdelingen ga meg en følelse av hva hun prøvde å si, og jeg likte ideen om å tilføre litt krydder til hverdagen min. Hun skyldte alt på Richard, som hun kalte «Trollmannen», for å ha introdusert elskerinnen sin for å erte og fornekte.

Ansiktsuttrykket fikk meg til å spørre: "Hvorfor er du "Trollmannen"?

Han ignorerte meg og stirret på Cathy: "Jeg håpet du hadde glemt det forbanna kallenavnet. Hvorfor forteller du henne ikke om ditt, Firefly?" Av en eller annen grunn, til tross for alle de personlig seksuelle tingene hun allerede uforskammet hadde delt, fikk dette Cathy til å rødme i kinnene.

"Hennes er lett, håret hennes er virkelig brennende," påpekte jeg.

"Ja, Firefly fordi jeg er rødhåret," sa Cathy raskt, "i alle fall tilbake til Wiz—"

"Cathy." Richard skar jevnt gjennom ordene hennes som en kniv. Verken høyere eller mykere, men med umiskjennelig autoritet som fikk meg til å skjelve og Cathy hoppet som om hun hadde blitt tatt på telefonen på jobben.

"Fint!" Hun innrømmet: "Jeg fikk kallenavnet mitt i den lille gruppen vår fordi, når elskerinne Sam slår meg, lyser den blekhvite rumpa min som en ildflue." Vi lo alle sammen. Det fikk meg imidlertid til å lure. Nok folk hadde sett dette fenomenet til å være med på kallenavnet?

"Hvor mange mennesker har sett deg bli slått?"

"Alle i møtegruppen og noen andre venner av oss." Hun rødmet dypere, og fikk henne til å lyse opp på en veldig søt måte. "Det er ikke på langt nær den tyngste dritten som har skjedd for en folkemengde."

"Hva er den tyngste dritten som har skjedd i denne gruppen?" Jeg lurte, men bestemte meg for å holde det spørsmålet en annen gang. Richard hadde bøyd seg, og jeg kunne ikke bare la ham slippe unna med å rette oppmerksomheten bort fra seg selv.

"Tilbake til deg nå. Hvorfor er du trollmannen?"

"Det er fordi han kan magi..." begynte Cathy

«Jeg kan ikke trylle,» sa Richard med et rull med øynene.

«—Selv om han benekter det,» presset hun seg gjennom avbruddet hans. "Heldigvis trenger du ikke ta mitt eller hans ord for det! Du kan se på noen bevis og bestemme selv." Hun tok frem telefonen.

"Ikke fortell meg at du har den videoen lagret og at du bærer den rundt overalt." Richard stønnet.

" Selvfølgelig gjør jeg det! Har du noen anelse om hvor varmt det er for oss ubåter?" Hun ga telefonen sin til meg, "har du noen hodetelefoner på deg? Her, bruk mine. Men seriøst, Richard, det er en god ting for henne å se om du vil gi en idé om hvor intens strømutveksling kan bli."

Han sukket, men nikket: "Ok, men husk at det er den helt ekstreme slutten. Det bør tjene som en advarsel."

Jeg så mellom dem og prøvde å finne ut hvor seriøse de var. "Det er en hel masse oppbygging. Unnskyld meg hvis jeg er skeptisk at noe kan leve opp til det." Richard smilte bevisst, som for å minne meg på at han hadde brukt år på å utveksle porno med meg, og han visste godt hva som ville leve opp til forventningene mine.

Hodetelefoner inn, jeg trykker på play.

Umiddelbart ble jeg angrepet av grafisk sex. Kameraet fokuserte på en pen kvinne som lå på ryggen på et hevet bord med lukkede øyne, armer ved siden og spredte bena. Spesielt fokuserte den på fitta hennes, som var veldig tydelig veldig varm. Rivuler av våthet spores fra underdelene ned til rumpa og bekkenmusklene krampe. En skyggefull figur satt på huk ved hodet hennes, og ser ut til å hviske i ørene hennes. Av og til kjærtegner han henne. Ansiktet hennes, nakken, håret hennes, berøringene hans var milde og så ut til å bære varme og hengivenhet... og kjærlighet.

Jeg skiftet ubehagelig. Det var tydelig Chloe på bordet og Richard over henne. "Ikke vær sjalu, han er din nå, snart vil de fingrene kjærtegne deg."

Han gikk aldri under kragebeina hennes, men kroppen hennes reagerte som om han hadde en vibrator presset til klitoris. Magen hennes bøyde seg, brystene hev og alle musklene skalv. Hun fikk krampe, men forskjøv seg aldri, som om hun var en mimer som utspiller seg ved å bli bundet av usynlige tau. Armene hennes presset rett ned mens lårene hennes kjempet mot å åpne seg bredere, klemme seg sammen og holde seg helt stille på en gang. Minutt for minutt ble kampen hennes mer uttalt. Kjønnsleppene hennes flommet over av blod og kliten hennes ble tydelig synlig mellom dem. Hun stønnet fritt, som en pornostjerne som opptrådte som en hanesulten hore. Richard beveget seg for å være ved siden av henne, som Prince Charming bøyde seg ned over Snøhvit, men uendelig mye mer X vurdert. Fortsatt hvisket han til henne, gikk han mot munnen hennes. Chloes hofter stakk seg opp i luften, og ble mer hektisk jo nærmere Richard kom målet.

Så kysset Richard henne, og Chloes fitte eksploderte i orgasme. Klitten hennes så ut som den ville sprekke , og skjeden hennes kunne ikke ha trukket seg hardere sammen hvis hun hadde hatt en kuk begravd inni seg å gripe tak i. Jeg kjente kjeven min falle. Ingenting annet enn luft hadde rørt noen erogen del av henne. Min egen kropp reagerte på det rå raseriet til Chloes orgasme mens hun fortsatte å komme og komme . Richards lepper presset fortsatt til hennes, tungen hans tydelig i munnen hennes, orgasmen hennes gikk over halvannet minutt.

Skjermen ble svart.

"Hvordan i helvete gjorde du det?" Jeg krevde av Richard. Han og Cathy lo begge.

"Du burde sett øynene dine bli bredere," ertet Cathy meg, "Som jeg sa, han er en jævla trollmann."

Richard trakk på skuldrene, men så utpreget selvfornøyd ut. "Enkelt. Jeg ba henne komme og hun adlød."

"Hvordan skal det være en advarsel?" Jeg spurte. "Ingen kvinne på jorden kunne se det og ikke ønske å smake. Gjør det mot meg også, vær så snill." Jeg pekte på skjermen, "Jeg skal ha det hun har."

"Ok, tuller til siden, det er mye kondisjonering som gjør en slik hypnose mulig." Cathy sa «Wizard» bak ryggen til Richard da han sa «hypnose». "Det er ikke tankekontroll, det krevde at hun oppriktig ville slippe meg inn i tankene sine og adlyde meg. Uansett, gå et sekund tilbake. Kan du gi deg selv en håndfri orgasme? En av dere? Selvfølgelig ikke, det er hvorfor videoen er så fascinerende for deg. Det kunne ikke Chloe heller."

"Men," jeg gjorde tegn til telefonen, "jeg så henne bare gjøre det."

"Ja og nei. Ja, hun fikk en orgasme uten fysisk stimulering. Men nei, hun kunne ikke gi den til seg selv. Hun kunne ikke tenke seg selv over kanten, hun trengte at jeg snakket henne gjennom det. Hun kom fordi Jeg ba henne om det. Det, Erika, er din advarsel." Smilet hans forsvant og blikket hans boret inn i meg, som om han prøvde å tvinge inn budskapet hans i meg med vekten av det. "På en veldig ekte måte ba jeg henne gjøre noe som var umulig for henne på egen hånd, men hun adlød meg likevel. Det er hvor mye makt en dominant kan ha over en underdanig. Så mye kontroll kan jeg ha over deg . Hvis det ikke bekymrer deg, i det minste litt, bør det gjøre det."

Cathy nikket, også alvorlig, "Det er sant. Det er det samme for meg. Etter en stund blir du så vant til å underkaste deg og være lydig at ulydighet føles visceralt feil. Som, til og med bare tanken på det. Jeg er også superfølsom. til alt fra elskerinnen min. Jeg tror det er sant for alle underdanige. Hvis Domen din er sint på deg, eller helvete, til og med bare litt skuffet, ødelegger det deg. Kan ikke spise, kan ikke sove, kan ikke tenke på noe annet. Du vil gjøre mye for å unngå den følelsen."

Det fungerte inn i hodet mitt. Jeg var ganske følsom for Richard allerede. Helvete, jeg hadde nettopp brukt en uke på å skjære meg selv bare for å prøve å overdøve frykten min for å føle meg avvist av ham. Ville jeg føle den frykten enda mer akutt? Ville det utvides til å inkludere noen form for negativitet fra ham? Det bekymret meg. Jeg ønsket aldri å være så følelsesmessig trengende, men var jeg ikke allerede på vei dit?

Men det ga oss ikke nok kreditt som et par, ikke sant? Richard brydde seg om meg. Han hadde alltid brydd seg om meg som sin beste venn, og nå visste jeg at han ville bry seg enda mer som min kjæreste. Jeg kunne kjenne det dypt i meg selv. Han brydde seg oppriktig om å sørge for at jeg var komfortabel og følte meg trygg.

"Jeg stoler på deg," jeg prøvde å legge så mye følelse i ordene som mulig, for å forsikre ham om at jeg virkelig mente det. Jeg har alltid vært dårlig på å formidle følelsene mine, men smilet hans som kom tilbake ga meg beskjed om at han forsto. Jeg møtte øynene hans som prøvde å formidle så mye følelser som mulig, men jeg kjente at jeg gikk meg vill i de vakre mønstrene av blått, blågrønt og gult rundt de svarte pupillene hans. Han, derimot, så ut til å se forbi mitt ytre dypt inn i meg. Jeg ville vise meg selv for ham, for at han skulle se meg. "Jeg stoler på deg, jeg vil ha deg." Jeg prøvde å formidle tankene mine inn i hodet hans gjennom øynene våre. 'Jeg stoler på deg. Jeg vil ha deg. Jeg vil ha hele deg. Jeg vil gjøre deg glad. Jeg vil kysse-'

Tanken hadde knapt begynt da det plutselig ikke var plass mellom oss. Armene hans rundt meg, ansiktet hans tommer fra mitt, virket som han ruvet over meg til tross for at han var like høy. Jeg pustet inn hans varme og nærhet og kjente øynene mine lukke seg av seg selv. 'Herregud herregud herregud.' Så romantisk cheesy som det høres ut, da leppene hans berørte mine, ga bena mine nesten opp. Hele kroppen min så ut til å sukke på en gang, og jeg rakk knapt å registrere hvor varme leppene hans føltes før tungen hans var i munnen min. Følte han seg så varm fordi isen hadde avkjølt meg? Hvorfor hadde det ikke fungert på ham? Hvorfor tenkte jeg på iskrem på en tid som dette? Jeg slo tankene mine av og presset meg inn i ham. Tungen min kranglet med hans og vi danset rundt munnen min. Som jeg kunne prøve, klarte jeg ikke å få noe terreng i munnen hans. Vi vekslet mellom å flette sammen tungene våre og at han festet min. Han holdt meg nær for å få meg til å føle meg ønsket, ønsket på en måte jeg hadde trengt å føle fra ham i årevis.

Det var perfekt. I ettertid kan jeg ikke si om det føltes slik fordi kysset faktisk var så bra eller fordi det var vårt symbolske først. På det tidspunktet følte jeg ren opprømt glede. Vel, kanskje ikke egentlig "ren" glede. Det ble utvannet med litt lyst. Greit, kanskje mye lyst. Jeg peset, våt noen steder og steinhard andre da vi endelig kom fra hverandre.

"Du leser tankene mine," hvisket jeg til ham, "du er virkelig en trollmann."

"Ingen magi, enkel mugglebiologi. Pupillene dine var veldig utvidede. Betyr at du er opphisset."

"Wow, dere ser begge ut som dere trengte det." Jeg hadde glemt Cathy!

"Beklager! Vi mente ikke å gjøre deg om til et tredje hjul."

"Det er kult, jeg har lurt på mange make out-økter. Når det gjelder heteroer , var det ganske varmt . Jeg gir dere 8 av 10. Poeng for rå tørst, men kan forbedres med mer famling og mindre klær."

'Mindre klær! Nå er det en idé. Jeg skjønte at jeg skamløst labbet på Richards bryst langs skjorteknappene hans. Cathy la merke til med et smil: " Når det er sagt, tror jeg at jeg drar hjem nå. Jeg finner deg på nettet, Erika. Jeg er sikker på at jeg ser dere begge snart!" Hun kan ha forsvunnet like brått som hun hadde dukket opp. Jeg vet ikke, jeg var for opptatt med å flire som en idiot til Richard.

"La oss gå hjem," sa jeg. Å se nikke hans føltes som ren seier.

DEL 4

Den lille leiligheten min føltes helt annerledes. Richard satt i min komfortable skrivebordsstol mens jeg okkuperte den harde sammenleggbare stolen som vanligvis er reservert for gjester. Det hadde bare blitt sånn. Som om det var hans hjem og jeg bare bodde her. Jeg kastet et fåreaktig blikk rundt på stedet. Arbeidsklærne mine lå fortsatt i en haug der jeg hadde kastet dem tidligere, sengen min var uoppredd mot bakveggen, oppvasken lå fortsatt i vasken og skrivebordet mitt var i fullstendig uorden. Richard la merke til at harddisken fortsatt var koblet til den bærbare datamaskinen min og spurte ertende om jeg hadde fått noe nytte av den nylig. Jeg kjente blodet mitt stige. Det kan ha vært det mest seksuelle støtet han noen gang har tatt mot meg.

Jeg likte det, og etter all oppbyggingen var jeg lei av å vente. Så jeg fortalte ham alt om hva jeg hadde gjort før middag. Jeg fortalte ham hvordan jeg hadde gjort det samme hver dag i en uke, og jobbet meg frem til i kveld. Jeg satte på den erotiske flørten jeg alltid hadde ønsket å være for ham, og var så provoserende som mulig og beskrev at fingrene mine vred seg inni meg selv mens jeg forestilte meg alle tingene jeg ville gjøre mot ham og han ville gjøre mot meg. Hvordan jeg ville suge hele ham ned til ballene hans til han vokste hardt ned i halsen min. Hvordan jeg hadde vært så våt i timevis at han gled inn i meg øyeblikkelig uten noe forspill. Som jeg ønsket at han hadde stukket inn i meg, hardt og raskt, og dunket meg hardt nok til å få sengen til å riste.

Han lyttet, høflig oppmerksom som alltid, like uformell som om vi snakket om hvor vi skulle få lunsj. «Og du sier du er dårlig til å uttrykke deg», kommenterte han ironisk. Holdningen hans endret seg subtilt fra tilfeldig avslappet til å være mer fokusert og intens. "Det er det du vil, ikke sant? Å "kvele på kuken min og bli knullet til splinter", som du så veltalende uttrykker det? Jeg svelget og nikket, ordene mine hørtes mye mer skittent ut fra munnen hans. "Vel, vi kommer til det snart nok. Først må vi imidlertid snakke om de to lovene."

"Bare to regler?"

"Å nei, du vil ha tonnevis av regler å holde styr på. Disse er forskjellige, de kalles lover av en grunn. Når du kommer til det, er regler bare en del av spillet. Hvis du ikke adlyder reglene, du får en sexy straff og spillet fortsetter. Lovene på den annen side må alltid følges av oss begge.

"Den første loven er for trygge ord. Rødt og gult. Si "Rødt" når som helst og alt stopper opp. Si "Gul" og vi senker farten. De trygge ordene er til for å holde oss begge trygge og for å hjelpe oss begge til å føle oss komfortable. Du kan bruke dem når som helst, uansett grunn. Vi snakker om hvordan du har det og hvordan vi kan hjelpe deg til å føle deg bedre. Det er aldri noen skam å bruke et trygt ord." Fokuset hans la en spiss på ordene hans: "Det viser ikke mangel på tillit eller vilje til å underkaste seg eller noe sånt. Du bør aldri føle deg presset mot å bruke dem. Hvis noen noen gang prøver å fortelle deg annerledes, fortell dem å knulle dem selv.

"Den andre loven omgir ærlighet. Jeg vil aldri lyve for deg, og jeg forventer at du alltid er ærlig mot meg. Hvis jeg for eksempel slår deg og sjekker inn på deg, forventer jeg at du er ærlig. du har alvorlige smerter og du orker ikke mer, jeg forventer at du forteller meg det og ikke lyver fordi du tror det er det jeg vil høre. På samme måte, hvis du tror du har rotet til og jeg forteller deg at det er ok, og jeg er ikke sint, du bør tro det og ikke gjette det.

"I utgangspunktet handler de to lovene om åpen og ærlig kommunikasjon. Det er viktig for alle par, men det er spesielt viktig for BDSM. Strømutveksling er mer enn komplisert nok uten å måtte forholde seg til slike grunnleggende ting."

"Rødt og gult. Lett å huske. Jeg forstår det. Men betyr ikke det at jeg bare kunne klage meg ut av å bli bundet eller slått?" Det snudde smilet hans fra alvorlig til ulv.

"Det kan være en bekymring for noen mennesker, men ikke deg. Du vet ikke hvordan du gjør noe halvveis . Det er en del av det som gjør deg så attraktiv for meg. Jeg er ikke bekymret for at du gir mindre enn 100 prosent, Jeg er bekymret for at du prøver å presse deg selv 130 prosent og blir skadet."

«Greit nok», nikket jeg.

Han satte seg sakte opp, på en eller annen måte syntes han å få mer høyde enn han burde. Han virket som et rovdyr som så ned på et veldig smakfullt bytte. Det fikk meg til å føle meg mindre, men samtidig ønsket. "Du har hatt kontroll over deg selv hele livet. Hvordan du bruker tiden din, hvordan du beveger deg, hvem du forfølger, hvordan du har sex... Du er jomfru i denne nye verdenen, Erika. En veldig kåt og villig jomfru." Han ville glis utvidet, som om jeg var en biff som luktet saftig, "Så nå... er du klar til å gi opp litt kontroll?"

Jeg hadde aldri vært mer klar!

Antiklimatisk sett presset han meg ikke i bakken og knullet meg. I stedet instruerte han meg om å stå med ryggen mot veggen. Det, og ikke noe mer. Han satt, øynene streifet over meg mens jeg sto og tuslet. Han virket som en på et museum som tok seg tid til å sette pris på en mesters maleri. Han fokuserte ikke spesielt på noen del av meg, men det virket som om han fanget meg hele tiden. Jeg så for meg at jeg kunne føle blikket hans som en veldig lett fysisk følelse som spilte over huden min. Det fikk meg til å føle meg veldig utsatt, til tross for at jeg fortsatt var fullt påkledd.

"Vet du hvorfor jeg synes du er attraktiv?" spurte han. Jeg ble overrasket over plutseligheten og over selve spørsmålet. Inntil for noen timer siden hadde jeg vært sikker på at han ikke var interessert i meg i det hele tatt.

"Nei—um—" Jeg skjønte at jeg burde gi ham en hedersbevisning, men visste ikke hva jeg skulle bruke, så jeg valgte som standard "-Master." Det fikk en latter fra ham.

"Jeg foretrekker 'Sir', men jeg liker hvor hodet ditt er."

"Å. Kan jeg spørre hvorfor?"

"Du kan alltid spørre 'hvorfor'. Vanligvis vil jeg til og med svare. Mester innebærer et nivå av ... vel, mestring, som jeg ikke føler at jeg besitter. Det er faktisk en del av hvorfor jeg misliker det 'trollmannen'-kallenavnet så mye. Begge synes å formidle en følelse av ufeilbarlighet som ikke er meg."

"Å. Ok, sir. Nei, jeg vet ikke."

"Du er sterk, bestemt, svært intelligent," sto han og kom mot meg, "og du har en følelse av selvtillit som er helt din egen. Du oppsøker og gjør det som gjør deg glad ganske enkelt fordi det gjør deg glad, forventninger til andre bli fordømt. Jeg beundrer den tapperheten i deg." Ansiktet mitt ble varmet av lovprisningen hans og jeg hovnet opp av stolthet. Det føltes fantastisk å bli gjenkjent slik fra ham!

Likevel var jeg nysgjerrig, "men det er egentlig ikke veldig underdanige egenskaper, sir?"

"Tvert imot, det er de mest tiltalende egenskapene en underdanig kan ha. Hvem som helst kan dominere noen svake. Det kan være morsomt, men det er ikke noe spesielt med det. Noen svake har liten makt til å gi opp til den dominerende." Han kjærtegnet meg lett, fingertuppene hans sendte skjelvinger gjennom hodet mitt, "Men når noen sterk velger å gi fra seg makten sin til en dominant... vel nå, det er noe helt annet." Hånden hans slang seg rundt til bakhodet mitt, og grep håret mitt fast, men ikke ubehagelig. Jeg fant ut at jeg ikke kunne bevege meg, ikke kunne snu meg hvis jeg hadde ønsket det. Jeg ville ikke, jeg lente meg tilbake i hånden hans og ønsket å føle mer.

«Du har så mye kraft inni deg, Erika,» hvisket han med ansiktet litt mer enn en tomme fra mitt. "Føler det er veldig berusende for meg." Han pustet dypt inn, som en kjenner som lukter en god vin. Leppene hans slukte synet mitt, så nært mitt eget. Jeg ville føle dem igjen, men grepet hans om håret rett bak hodet mitt holdt meg godt på plass. Jeg prøvde å lene meg fremover, begjæret mitt kjempet kort mot grepet hans om meg, før jeg ga opp og lot meg hvile mot hånden hans igjen. Jeg hadde aldri følt meg så veldig kontrollert før i livet mitt. Øynene hans brant seg fast i meg og pusten min kom i korte gisp. Jeg lurte på om pupillene mine utvidet seg igjen.

Så slapp Richard meg og gikk tilbake. "Ta av toppen og BH-en," sa han. Tilfeldig, som om han hadde spurt hva klokken var.

Noe med det fikk meg til å rødme igjen. Jeg ville ha dette. Jeg ønsket å føle mer og gå mye lenger. Men på en eller annen måte, å ta det første skrittet og blotte brystene mine for ham, gjorde meg veldig nervøs. Kval av usikkerhet rundt kroppen min snek seg inn i hjørnene av sinnet mitt. Hva om jeg så for mye ut som en guttebarn for ham? Hendene mine gikk ikke i gang for automatisk å adlyde kommandoen hans. Det ville vært for enkelt. I stedet famlet de bak meg med låsen som en jomfruelig high schooler som prøvde å nå andre base. Den ble til slutt løsnet og jeg slengte BH-en til siden. Ironisk nok landet den rett ved siden av sengen min oppå de kasserte klærne mine for noen timer siden.

Jeg elsker puppene mine. Jeg forguder dem i hjel. Jeg elsker hvordan de føles i hendene mine, jeg elsker gleden de gir meg, jeg elsker følelsen av frihet når de kommer uten bur etter en lang dag i bh. Og akkurat da ELSKET jeg absolutt effekten de hadde på

Richard. Øynene hans var limt til dem , og han nikket lett anerkjennende. Kanskje jeg så for meg det, men jeg kunne sverge på at det vokste en bule i buksene hans.

"Flett fingrene bak hodet og bøy ryggen litt." Jeg fulgte raskt med, løftet armene og presset brystet ut, slik at puppene mine ble så fremtredende som mulig. Nok en gang gikk fingertuppene hans over huden min, denne gangen på magen min. "Hold deg stille."

"Ja, sir," lovet jeg. Han gled over mine glatte, harde magemuskler, akkurat lett nok til å sende små ranker av nytelse gjennom meg ved berøringen hans. Rystelser løp oppover gjennom meg jo høyere han gikk, tomme for tomme oppover over magen min. Han ertet meg, gikk smertelig sakte, kjente den nakne huden min overalt, bortsett fra de flekkene jeg ville ha. Brystvortene mine ble hardere og mer uttalte for hvert hjerteslag. De ropte på oppmerksomhet, om å bli gnidd og klypet og gledet. Men til min forferdelse hoppet han over dem og fokuserte i stedet på armene og skuldrene mine.

"Du har utmerkede triceps og skuldre," komplimenterte han beundrende. Det veide nesten opp for all ertingen. Det er en utvalgt gruppe ting jenter er vant til å få komplimenter for fra menn, og disse musklene er ikke på listen. Han likte kroppen min for hva den var!

"Takk, sir! Det er år med basketball og svette på treningsstudioet."

Til slutt, i en bevegelse, kuperte han begge brystene mine. De utvidet seg til de sterke, faste hendene hans mens jeg inhalerte, og fikk meg til å gispe av glede.

"Er disse veldig følsomme?" spurte han og la merke til reaksjonen min.

"Vanligvis ikke så mye," jeg hadde store problemer med å holde meg i ro og ikke presse inn i ham. Han klemte lett, likte tydelig å kjære meg like mye som jeg var. Jeg lukket øynene og drakk inn følelsene. Brystet mitt falt av glede da jeg presenterte meg for Richard for å leke med som han ønsket. Det føltes bra.

Brystvortene mine eksploderte. Øynene mine åpnet seg og jeg doblet meg, og ga ut en merkelig stønende hyl. Richard hadde mine svært ertet knopper mellom fingrene og han rullet dem ikke så forsiktig.

"Hold stille," minnet han meg på. Jeg nikket, men det var veldig vanskelig. Gleden fosset gjennom meg, krydret med litt smerte når han klemte. Hver sensasjonspuls sendte et støt ned til klitorisen min. Jeg følte meg som leketøyet hans. Som om kroppen min eksisterte for moro skyld og bevisstheten min eksisterte for å øke moroen hans. Han finpusset og klemte, likte å se meg veksle mellom glade sukk og forskrekkede hyl.

"Glede eller smerte?" spurte han.

"Begge," gispet jeg, "det er veldig intenst." Han smilte bredt og slapp dem, eltet brystene mine mens han lot brystvortene få tid til å komme seg. Om noe var dette enda mer intenst enn før. Kraftige prikkende fornemmelser konsentrerte alt fokuset mitt til to følsomme punkter mens blodet strømmet tilbake i dem.

"Ansiktet ditt er fantastisk uttrykksfullt. Veldig ekte. Fjern nå resten av klærne."

Denne gangen adlød jeg uten å nøle. Jeansene og trusene mine var både over hoftene og nedover bena før jeg registrerte helt hva han hadde sagt. Jeg var så våt, så klar for litt ekte nytelse, jeg kunne ikke vente med å ta med meg fitta for å leke. Jeg traff en liten veisperring rundt leggene. Seriøst, den som designet jeans for kvinner, hadde ikke i tankene rask fjerning, spesielt ikke fra atletiske ben. Til slutt, helt naken, sto jeg foran Richard.

Jeg forventet at han skulle erte meg enda mer, men i stedet strøk han umiddelbart over busken min.

"Barber dette før vårt neste møte."

Ok, kanskje dette faktisk var mer pirrende. Han ga knapt fitta min noe press eller kontakt i det hele tatt, bare myk klapping og trakk i håret mitt. Det var veldig distraherende. "Jeg trodde du likte litt hår på en fitte," sa jeg.

"Jeg gjør det, og dette er ganske fint. Men jeg kommer til å lære kroppen din og hvordan den reagerer, så å ha klart syn på kjønnet ditt vil være veldig nyttig. Du setter også stor pris på busken din, så barberer den for meg vil det være en daglig påminnelse om din underkastelse."

Jeg slukte: "Ja, sir." «Han må føle hvor våt jeg er. Kom igjen, knulle meg! Jeg prøvde å presse hoftene mine framover, bare en liten bit, men han justerte hånden før jeg fikk kontakt.

Richard satte seg igjen og vinket meg frem. "Knele." Jeg var veldig takknemlig for at jeg la fra meg et teppe. Svarene mine kom raskere, med mindre tanke fra min side. Å sette seg inn i kontrollen hans føltes bra. Jeg trengte egentlig ikke tenke så mye, bare føle og nyte. "Knær spredt litt bredere, kryss armene bak ryggen. Ta tak i underarmene så høyt du kan." Han ledet meg til den posisjonen han ønsket, puppene presset ut og bena spredt, og sa at det ble kalt "Exposed Pose."

Exposed er rett. Herregud, dette er intenst. Richard ruvet over meg som en statue. Jeg kom bare så langt opp til den tredje knappen fra beltet hans. Fortsatt fullt påkledd i den skarpe, rene dressen, så Richard ned på min fullstendige nakenhet. Høydeforskjellen føltes utpreget ny og rar for meg. Vi har alltid vært like høyder, jeg var vant til å se ham på mitt nivå. Nå kunne han like godt ha vært Zeus som satt på toppen av Olympus. På toppen av det, var selve stillingen mer belastende enn jeg hadde trodd. Knærne mine gravde seg hardt inn i teppet og skuldrene mine var misfornøyde med hvor mye de ble bedt om å strekke seg.

Jeg prøvde å forstå alt jeg følte, men ga opp. Å si at jeg følte meg utsatt eller sårbar, dekket bare ikke det. Jeg knelte på gulvet ved føttene til bestevennen min fordi han hadde bedt meg om det. Men mer enn det, jeg var her fordi jeg ønsket å være det. Jeg ønsket å adlyde ham, og å uttrykke det så åpent fikk meg til å føle meg mer naken enn den enkle mangelen på klær kunne forklare.

Men nei. "Sårbar" innebærer en form for opplevd trussel, ikke sant? Det var ikke riktig. Jeg følte meg helt trygg, holdt fast i kontrollen. Det var nesten befriende å føle seg så bekymringsløs. Det føltes bare veldig... åpent. Som om mitt indre ble vist sammen med kroppen min.

"Du er vakker," sa han til meg, og så takknemlig ned over meg. Det slo meg plutselig at knestående satte meg mye nærmere bulen i buksene hans. Den svært tydelig haneformede bulen rett under beltespennen. Jeg slikket meg om leppene, sulten på det. To fingre under haken min løftet oppmerksomheten min tilbake til ansiktet hans. "Gled deg selv."

"Hva?"

"Du hørte meg."

Armene mine rykket bak meg. "Som... Onanere? Sir?"

"Faktisk."

Ja, alt jeg sa før om å føle seg naken? Glem alt det, det er DETTE jeg burde ha lagret disse beskrivelsene til. Fingrene mine gled lettere mellom leppene mine enn en skøyteløper på en skøytebane. Det første lange, harde glidet over kliten min så ut til å sjokkere systemet mitt, og tok meg fra å føle meg ertet til å være full på klar til å knulle! Jeg trodde jeg skulle sperme på stedet.

Han beveget seg fra haken min for å kjærtegne kinnet mitt, og lekte forsiktig med noen hårstrå.

"Du trenger min tillatelse før du kan få orgasme, kjæledyret mitt." Jeg stønnet av nytelse, de våte lydene av min slicking fylte rommet. "Du er min nå. Din seksualitet er min å leke med. Jeg bestemmer når du kommer... hvis du kommer." Det er helt urettferdig hvordan det å bli fortalt at jeg ikke har kontroll over mine egne orgasmer tenner meg så mye og får meg til å ønske å komme NÅ! Jeg kjente det kokte inni meg, presset, bygde opp behovet for utløsning. Det var alt for mye, overveldende, knelende med fitten min spredt bredt, og knullet meg selv for hans innfall.

Han så nøye på, fulgte nøye med på fingrene mine, og la merke til hvordan jeg favoriserte klitoris og gikk til penetrering når jeg følte meg nær ved å komme. Da jeg begynte å tilpasse meg det som skjedde, la han til enda et nivå.

"Fortsett å se på øynene mine, ikke se ned." Hvorfor skulle jeg se ned? Uttrykket hans som så tilbake på meg var vakkert. Følelsene hans skrevet der fikk meg til å føle meg så spesiell. Hans lekne, vitende smil var imidlertid tilbake. Det jævla smilet som alltid betydde at han visste noe jeg ikke visste.

Jeg hørte en glidelås. 'Herregud, er det? Gjorde han det bare? Uten å se, visste jeg instinktivt at penis hans var fri og centimeter unna meg. Et blikk ned og jeg ville endelig se det. Richards kuk... hvor mange netter hadde jeg sovnet og drømte om å bli knullet av den? Hvor mange klasser hadde jeg dagdrømt gjennom å forestille meg ham naken? Nå var det akkurat der! Men jeg klarte ikke å se på det. Det var så vanskelig å adlyde, jeg fortsatte ufrivillig å senke hodet og måtte tvinge det opp igjen.

Det ble selvfølgelig bare verre da jeg skjønte at han strøk seg. Varmen mellom bena gikk i overdrift og jeg knep meg ned på fingrene.

"Vær så snill," klynket jeg, "det er så vanskelig, kan jeg se?"

"Jeg nyter å se deg kjempe. Det er veldig varmt å se deg velge lydighet fremfor ditt eget ønske. Du har det bra." Han hørtes stolt ut. Stolt av meg! Jeg ønsket å være sterk for ham, men hormonene mine var mot meg. Jeg hadde ønsket ham så altfor lenge, det var tortur å holde ut. Bare noen få centimeter unna, og jeg ville kjenne den harde glattheten hans... Jeg savnet følelsen fra før, friheten jeg hadde følt uten å måtte streve og ta avgjørelser.

Så, i stedet for hanen hans, famlet jeg etter den andre hånden hans og førte den opp til hodet mitt. Han forsto det uten ord, tok tak i håret mitt like bak hodet igjen og holdt meg på plass. Jeg kjente umiddelbart en byrde lette av meg. Jeg trengte ikke å politi eller bekymre meg for å kunne adlyde lenger. Jeg nusset mykt inn i armen hans, og nøt følelsen av den varme huden hans mot kinnet mitt og den autoritative styrken i grepet hans.

Jeg følte meg knyttet til ham. Et bånd så ut til å ha dannet seg mellom oss, sterkere enn det fysiske grepet han hadde på meg. Som å gi ham min styrke og mine problemer og at han var sterk for meg, hadde brakt oss nærmere hverandre. Det føltes veldig intimt, og veldig, veldig seksuelt. Jeg brukte mer tid på klitoris enn på den for å unngå å velte. Jeg vil cum. Hver celle i kroppen min ønsket å cum! Men jeg kunne også føle hvor mye mine stadige tilbaketrekninger vekk fra klitoris, vekk fra cumming, gjorde Richard på. Jeg ville vært lydig for ham! Det var vanskelig, men jeg fortsatte å kante, hentet min tilfredsstillelse fra hans raskere pust og tapetet av ansiktsglede.

Jeg er ikke sikker på hvor lenge vi stirret nært inn i hverandre. Tiden virket litt amorf, som om vi eksisterte sammen i en boble der ingenting annet betydde noe. Det ene hjerteslaget til det andre, en sirkel over min bankende og overfølsomme klitoris og et mykt stønn mot armen hans som sirkler videre i en løkke.

"Hvordan føler du deg?" han sjekket til slutt inn.

"Litt overveldet, sir. Men på en god måte!"

"Bra. På tide å gå forbi forspillet." Jeg gispet da jeg kjente at han ledet hodet mitt ned, "du kan se så mye du vil nå. Hvis du ikke er for nærme, altså." Jeg skulle rett ned i fanget hans!

Det er vanskelig å si om han ledet munnen min til kuken hans eller om han holdt meg tilbake fra å kanonballere hodet mitt i skrittet hans. Det blinket så vidt forbi synet mitt før jeg fikk det oppslukt mellom leppene mine. Hver tomme av manndommen hans som gikk inni meg, så ut til å fylle meg med svimmelhet, som om jeg nettopp hadde oppdaget tidenes beste leketøy. Jeg var fast bestemt på å føle så mye av det som mulig, utforske hver minste del av ham med tungen min. Smaken hans skyllet over meg, kombinert med duften hans og hans pulserende spenning, alt kom mot meg på en gang. Muskete, myk hud som dekker steinhard lyst, med et hint av salt smakende precum. Sakte slapp jeg tilbake og feide tungen min fra side til side på undersiden hans. «Den skal være her, rett under hodet...» Han stønnet hardt og lenge da jeg traff det søte stedet.

Jeg følte meg intenst tilfreds med at jeg kunne få den sexy mannlyden ut av ham, rett forbi hans dominerende selvkontroll, men jeg hadde liten tid til å gratulere meg selv. Hans faste grep om håret mitt presset meg ned igjen, sakte dypere og dypere.

"Fortell meg når det er for mye."

Jeg elsker å gi blowjobs. Jeg elsker alt med oralsex, men dyp hals har aldri vært min sterke side. Det var fortsatt en god to inches av kuk igjen forbi leppene mine da hodet hans traff baksiden av halsen min og hans veiledende hånd sluttet å presse fremover. Jeg ville ha mer, jeg prøvde å få mer, men halsen min hadde rett og slett ingenting av det. Jeg kneblet hardt og ble tvunget til å rygge.

Han ga meg ikke tid til å føle meg skuffet. "Det føltes fantastisk," strålte han ned mot meg, "Denne gangen skal du smake på spermen min."

Han ledet meg inn i en jevn rytme. Opp og ned, hånden hans på hodet mitt, stopper ved hvert oppslag for å la meg slikke den søte flekken hans før jeg tar meg ned igjen. Det føltes egentlig som veiledning og ikke makt. Som om det var jeg som ga ham munnen i stedet for at han tok en blowjob fra meg, hvis det gir mening. Han viste meg rett og slett hvordan han likte det best. Ikke desto mindre fikk opplevelsen meg til å føle meg dypt underdanig. Han knelte foran ham som om han var min konge, tilbad ham mens jeg ignorerte hvor mye våtere dette gjorde min allerede bankende fitte.

Jeg var i himmelen. Jeg nynnet lavt i halsen for å vibrere kuken hans, og ga meg nok et gledelig stønn av glede fra ham. Jeg sugde ham hardt og slurvete, og holdt tungen min konstant i arbeid rundt og rundt mens gleden hans økte. Jevn strøm av salthet fulgte raskere kjevefyllende banker mens jeg sugde ham. Jeg gjorde mitt beste for å opprettholde øyekontakt, ser opp og prøver å kommunisere med uttrykket mitt hvor mye jeg elsket kuken hans mens jeg holdt fokuset mitt innover. Det var virkelig mye jobb! Øverst—slikk fort under hodet hans . Skyv ned—kjør tungen min over hele skaftet hans. Nede ved basen—nynn dypt, smil uten å slippe forseglingen. Skyv opp igjen—sug så hardt jeg kunne for å gi hodet hans trykk. Igjen og igjen mens han ledet meg opp og ned, og satte meg forsiktig opp etter hvert som han kom nærmere. Jeg fant meg selv som skulle ønske det var en slags kjevemaskin på treningsstudioet. Tungen min brant og jeg fikk lite luft.

Gleden, mer og mer ukontrollert, strømmet fritt over ansiktet til han til slutt holdt meg stødig og krampe kraftig. Strømmer av varm sperm fylte meg, dekket baksiden av halsen og innsiden av kinnene mine mens jeg febrilsk prøvde å svelge og fortsette å slikke ham samtidig. Det virket som en uendelig strøm, sprut etter sprut raket ut fra ham, og raskt overveldet mine anstrengelser for å holde tritt. Jeg holdt på å søle litt da han til slutt sakket ned og med et tungt stønn slengte han seg bakover og ut av meg.

Jeg nøt resten av spermen hans i munnen min. Jeg liker egentlig ikke smaken og konsistensen til sædceller. La oss innse det, hvem gjør det? Men å føle det der, se det fornøyde gliset i ansiktet hans og huske følelsen av at han dirret og pulset mens han hadde gitt det til meg... det føltes som et trofé. Jeg hadde fått ham til å føle seg så fantastisk! Kroppen min hadde slått ham så mye på at han trengte å suge pikken sin, og han likte hodet mitt så godt at han hadde overfylt munnen min med jizz . Det fikk meg til å gløde av stolthet.

Samtidig vokste det fram en liten skygge av skuffelse i bakhodet, knyttet direkte til min dryppende og sårt tomme fitte. Med Richard tilbrakt, ville jeg ikke bli knullet i kveld. Jeg prøvde å fortelle meg selv at det var dumt og grådig av meg å føle meg sviktet av det. Jeg skulle tenke på hans behov før mine egne. Det var dette jeg hadde meldt meg på. Faktisk, det jeg praktisk talt hadde bedt ham om. Jeg visste det, men likevel, etter å ha delt en så intimt erotisk opplevelse med ham, tror jeg aldri jeg har følt meg så kåt i hele mitt liv. Jeg ville cum, faen! Det var jævla vanskelig å forsone seg med å gi slipp på det.

"Du er ganske god på det," Richard hadde kommet seg og rakte en hånd ned til meg, "kom, knærne dine må drepe deg." Det var de, selv om jeg ikke hadde lagt merke til det før da. Jeg hadde blitt for distrahert av for mange andre ting.

Før jeg rakk å strekke meg skikkelig, fant jeg meg selv fullstendig løftet fra bakken drapert opp i Richards armer. "Du har gjort meg veldig glad i dag," hvisket han i øret mitt, "du fortjener en belønning." Hjertet mitt hoppet over et slag da han bar meg det korte stykket til sengen min. Vektløs i armene hans følte jeg meg hypnotisert av hans bunnløse øyne så nærme. Det var virkelig ikke rettferdig, måten han kunne vri en bryter og overvelde følelsene mine på denne måten.

Han la meg ut med puter som støttet hodet mitt komfortabelt. Nok en gang over meg lekte han sakte med håret mitt mellom fingrene. Til tross for at han fortsatt var naken og at han fortsatt var fullt påkledd, følte jeg meg ikke så bar . Det føltes mer... intimt? Komfortabel? Naturlig? Jeg vet ikke. Jeg hadde problemer med å tenke rett, verden min gikk sammen til små punkter. Flekkene i ansiktet mitt der fingrene hans børstet meg, følelsen da han lekte med smellet mitt, flekken på halsen min der han kysset meg, silken under hendene mine der jeg gned meg over brystet, og det alltid tilstedeværende behovet inni meg som ble mer presserende for hvert minutt.

Fingrene hans sporet nedover kroppen min mens han plasserte seg komfortabelt mellom bena mine. Jeg tok et dobbelttak. Mellom beina mine! Han var satt som om han var i ferd med å spise meg ute!

Han lo og jeg kunne kjenne pusten hans på de øvre lårene mine, "Overrasket?"

"Øh, ja, sir." Han gned meg på lårene mine, spredte sakte bena mine så bredt som de ville og sendte gledesbolter direkte til kjernen min. "Det er ikke - *stønn* - det jeg forventet."

"Folk ser ut til å tro at cunnilingus ikke er mandig eller dominerende. Ingenting kan være lengre fra sannheten. Hvis du var en marionett, ville strengene dine vært akkurat her. Med et lite dytt—" presset han en finger direkte mellom leppene mine, tegne den opp gjennom spalten og rett over klitoris. Hele kroppen min hoppet som om jeg hadde blitt truffet av lynet , og jeg ga ut et hyl av overraskelse og glede "—Jeg kan få de mest bedårende reaksjonene ut av deg. Det er veldig få stillinger hvor jeg kan utøve mer direkte kontroll over kroppen din ."

Han hadde rett. Jeg vred meg og stønnet mens han spilte meg som et musikkinstrument. Erter leppene mine med lange børster gjennom kjønnshåret mitt for å få meg til å grøsse og presse hoftene. Å kjærtegne lårene mine med milde klem like under fitta for å få meg til å skjelve og banke. Får meg til å hvine og bøye ryggen med et raskt hakkyss direkte på klitoris. Han jobbet dem inn med lange, sakte slikker hele veien opp og gjennom meg, og dekket hver tomme av den følsomme fitten min med tungen.

Han var som en forsker som kartla hvordan jeg reagerte på stimulans, testet og eksperimenterte med ulike trykknivåer og kombinasjoner. Det holdt meg til å gjette og orgasmenivået mitt steg opp og ned som en EKG-maskin. Ethvert jevnt press på klitorisen førte meg til kanten på sekunder og stilte ham i kø for å få tilbake ertingen. Det gjorde meg gal! Jeg var i brann med nød, lenge forbi punktet av sammenheng. Det føltes så godt. Alt med berg-og-dal-banen av stimulering føltes så utrolig bra, jeg ville ikke at det skulle stoppe. Jeg ville eksplodere. Å sperre hjernen min ut gjennom fitten min over hele ansiktet hans. Men jeg ville også at dette skulle fortsette for alltid. Jeg ville aldri at gleden skulle ta slutt.

Richard så henrykt ut mellom bena mine og så nøye på meg etter reaksjonene mine. Alltid så varm og oppmerksom på meg... selv om han brukte den oppmerksomheten til å erte meg, fikk det meg til å føle meg spesiell. Etterlyst. Elsket.

Med en gang følte jeg meg fylt. Varmt fast kjøtt på minst to fingre kjørte opp i fitta mi og kneblet rett mot g-punktet mitt. Jeg har aldri kommet fra penetrering før, men jeg trodde virkelig at jeg var i ferd med å gjøre det. Uten å være klar over det, satte jeg leilighetens lydisolering til seriøst arbeid og rev lakenet av sengen. Jeg stakk hardt opp for å møte fingrene hans, og ønsket å føle dem så dypt inne i meg som mulig—og ville trekke så mye av ham inn i meg selv som jeg kunne. Han presset meg fast, og overmannet meg lett med sin styrke.

Richard møtte øynene mine og senket sakte, bevisst, munnen. "Sperm så mye og så hardt du kan," fortalte han meg rett mellom bena mine. Så ble kliten min sugd hardt inn i munnen hans. Han sugde meg dypt og slikket meg hardt, hver lille støt på tungen hans sendte en vibrasjon av nytelse direkte til kjernen min. Jeg holdt ikke ut mer enn tre sekunder. Jeg kom. Hard. Det var som en bombe eksploderte dypt i meg og eksploderte igjen og igjen for hver sammentrekning. Bølger av ren ekstase brast gjennom meg og fylte hver tomme av meg fra tærne til hjernen til dypt inne i tankene.

Jeg kom og kom og kom, og klemte så hardt fast på fingrene hans som fortsatt skubber at jeg trodde jeg kunne kjenne fingeravtrykkene hans. Klitten min banket så hardt inn i munnen hans at jeg trodde han svelget den. Han sluttet aldri å hamre, og tvang en ny orgasme rett i hælene på den første. Jeg kjente at jeg smeltet, tankene ble litt uklare og synet ble uskarpt rundt kantene.

Sakte, med flere etterskjelv og tilbakefall, brant skogbrannen ut av seg selv. Alt virket litt tåkete da jeg kom tilbake til meg selv, nesten som om jeg hadde drukket noen sprit. Jeg skjønte at jeg nesten hadde knust Richards hode mellom lårene mine. Jeg hadde ikke engang skjønt at jeg hadde lukket dem! Dessuten kan jeg ha fått litt blåmerker på brystene. Igjen, skjønte ikke engang at jeg hadde klemt dem.

"Wow... det var helt fantastisk."

DEL 5

Kort tid senere skeide vi sammen under dynen. Den jevne rytmen i pusten hans mens han sov var beroligende, noe som gjorde meg døsig, men jeg ville fortsatt ikke sove.

Vi hadde pratet om alt som hadde skjedd, og presset hverandre for detaljer om hvordan den andre hadde følt. Jeg var spesielt interessert i å høre hvor kraftig Richard hadde følt seg mens han regisserte den langsomme stripen min. Tilsynelatende var berøring en kraftig form for kontroll, og å ha fritt styre til å berøre meg mens jeg behersket meg selv gjorde Dom/sub-dynamikken mer ekte. Det var veldig interessant å høre perspektivet hans, men enda mer så var det strålende å dele seng med ham.

Han hadde endelig tatt av seg dressen! Det nakne brystet hans presset seg inn i ryggen min og de bare bena hans flettet sammen med mine. Jeg har alltid vært helt sugen på kos. Hud ved hudkontakt gjør kraftige ting med følelsene mine.

Til slutt følte jeg meg mett og følte at jeg burde være mer analytisk. Hadde jeg virkelig gjort alle disse tingene? Det hadde føltes så lett å skli inn i rollen, så naturlig å gå med strømmen. En stemme i bakhodet mitt gjentok Cathys ord om lydighet. Hva kan jeg finne på å gjøre? Kanskje det burde ha bekymret meg da, men det gjorde det ikke. Jeg følte meg for god til å være bekymret for noe.

Jeg sovnet mens jeg holdt Richards hånd tett til brystet mitt. 'Min!'

SLUTT

65

www.ingramcontent.com/pod-product-compliance
Lightning Source LLC
Chambersburg PA
CBHW022127150726
47992CB00014B/1317